李商隐诗百首注译

宫南 著

九州出版社
JIUZHOUPRESS

图书在版编目（CIP）数据

李商隐诗百首译注 / 宫南著. -- 北京 : 九州出版社, 2014.6

ISBN 978-7-5108-3028-0

Ⅰ. ①李… Ⅱ. ①宫… Ⅲ. ①唐诗－译文②唐诗－注释 Ⅳ. ①I222.742

中国版本图书馆CIP数据核字(2014)第127433号

李商隐诗百首译注

作　　者　宫南 著
出版发行　九州出版社
出 版 人　黄宪华
地　　址　北京市西城区阜外大街甲35号（100037）
发行电话　(010) 68992190/3/5/6
网　　址　www.jiuzhoupress.com
电子信箱　jiuzhou@jiuzhoupress.com
印　　刷　北京华忠兴业印刷有限公司
开　　本　880毫米×1230毫米　32开
印　　张　4.25
字　　数　106千字
版　　次　2014年7月第1版
印　　次　2014年7月第1次印刷
书　　号　ISBN 978-7-5108-3028-0
定　　价　20.00 元

李商隐生平介绍

李商隐，字义山，自号玉溪生、樊南生，怀州河内（河南沁阳）人。生于唐宪宗元和八年（813），卒于唐宣宗大中十二年（858）。他的祖先李暠的七代孙是唐高祖李渊。从祖父开始，他家迁居荥阳（郑州）。诗人两岁时，父亲罢去获嘉县令，往浙江充任幕僚，全家一同随往。八至九岁，父病故，扶柩回郑州。三年守丧毕，迁居洛阳。在堂叔的教导下，诗人十五岁著《才论》、《圣论》，以擅长古文与士大夫往来。大和三年（829），堂叔病逝。十一月，即被太平军节度使令狐楚聘为幕府巡官，时年十六岁。大和六年（832），诗人入京应考，令狐楚岁给资装，应试失败回郑州。大和七年（833），谒见郑州刺史萧浣，萧浣介绍给华州刺史崔戎，崔戎聘为幕僚。大和八年（834），应考不第，随崔戎至兖州幕府。六月，崔戎病故，诗人西归，往来河洛郑州之间。大和九年（835）十一月，甘露事变，宦官掌权。开成元年（836），奉母迁居济源，到县西玉阳山学道。玉阳山下有玉溪，故号玉溪生。开成二年（837）春，考中进士，得力于令狐楚之子令狐绹的推荐。开成元年四月，令狐楚曾聘诗人，诗人忙于家事，未赴，及第后又催促入幕，答以中秋。入冬，令狐楚起病，诗人赶去兴元（陕西南郑），令狐楚已病危，代草《遗表》，十二月扶丧回京。开成三年（838）春，应博学宏词科试，考官已录，又被除名，令狐绹故也。于是，入泾阳节度使王茂元幕，王爱其才，以女妻之。至此，完全被令狐绹之牛（牛僧孺）党视之为李（李德裕）党矣。

开成四年（839）春，诗人通过吏部试，授秘书省校书郎，九品。调弘农尉（河南灵宝），他将一个死囚改判活罪，观察使将其罢官。后，观察使孙简调离，新观察使为姚合，又复职。开成五年（840），获河阳节度使李执方（王茂元妻兄）资助，移家长安。武宗会昌元年（841），诗人辞去弘农尉，进华州刺史周墀幕府。不久进王茂元陈许（今河南淮阳）幕，为掌书记。会昌二年春（842），入京应吏部试，得中，授秘书省正字。冬，母亡，三年守丧。会昌三年（843），王茂元卒。会昌四年（844）春，移家永乐，经济困难故也。会昌五年（845）春，应从叔李褒之招，至郑州、洛阳两地，为从叔写文章。十月，服丧期满，入京重官秘书省正字。会昌六年（846）三月，武宗崩，宣宗接位，李党败下，诗人受郑亚之聘，到桂州幕任幕府支使兼掌书记，仅次正副观察使，带六品京衔。大中二年（848）正月，代理昭平郡守。二月，郑亚被贬为循州刺史（广西龙川县），诗人北归。五月，至潭州（长沙），为湖南观察使李回写文，未被聘。溯江西上，欲投任西川节度使的远房表兄杜悰。船至夔、巫一带，想杜悰为牛党人物，不可信，于是北归。冬，返长安，选为盩厔（陕西周至县）尉。三年（849）春，谒京兆府尹，留为假参军。十月，武宁（徐州）节度使卢弘止聘为判官，得侍御史衔，从六品下阶。诗人安顿家属于洛阳，次年春至徐州。五年（851）春，弘止死，诗人携眷回京，只好向已登相位的令狐绹求情，得补太学博士，正六品上阶，但生活清苦。秋，妻病逝。七月，柳仲郢任东川节度使，聘为书记，十月，达梓州，改判官，加检校工部郎中，从五品上。冬，赴西川推狱，次年春归梓州。大中七年（853），柳仲郢曾挑歌舞伎张懿仙为诗人续弦，婉言谢绝之。九年（855）十一月，柳调回京为兵部侍郎，诗人随之回京。十年（856）春抵长安。未被聘，往返京、洛。十一年（857）二月，柳为诸道盐铁使，诗人充盐铁推官，于是有江东之游。十二年（858）春，柳为刑部尚书，诗人罢盐铁推官，回郑州。不久病逝，终年四十五岁。

目 录

1. 咸　阳

咸阳宫阙郁嵯峨[1]，
六国楼台艳绮罗。
自是当时天帝醉[2]，
不关秦地有山河[3]。

（译文）

咸阳的宫殿高又多，
六国的美人在此竞婀娜。
秦国的强大与它的位置何关？
只因赐地的天帝酒喝得太多！

1. 嵯峨，高耸。
2. 张衡《西京赋》：天帝悦秦穆公，醉，赐用秦地。
3. 贾谊《过秦论》：秦为诸侯雄，其势居然也。

2. 初食笋呈座中

大和七年

嫩箨香苞初出林[1]，
於陵论价重如金[2]！
皇都陆海应无数[3]，
忍剪凌云一寸心[4]！

（译文）

嫩嫩的箨包着香香的笋，
它们才刚刚从泥中冒出来，
在少竹的於陵，
它的价格跟黄金一样贵！
天下所产的山珍海味京城里多得很，
就忍心吃掉这原可直上云霄的幼仔？

1. 箨（音拓），笋衣。香苞，笋心。

2. 於（音乌）陵，县名，在今山东省邹平县东南。此地少竹。

3. 陆海，天下海陆所产。

4. 李商隐于19岁首次入京应考，被考官贾餗（音诉）所憎而落第，其凌云之志被挫。

3. 无 题

相见时难别亦难，
东风无力百花残[1]。
春蚕到死丝方尽[2]，
蜡炬成灰泪始干[3]。
晓镜但愁云鬓改[4]，
夜吟应觉月光寒。
蓬山此去无多路[5]，
青鸟殷勤为探看[6]。

1. 点明别时在暮春。
2. 丝，亦相思之思也。
3. 蜡炬，蜡烛。
4. 晓镜，晨起对镜。
5. 蓬山，蓬莱仙山，此指对方所在之地。
6. 青鸟，信使。

（译文）

跟你相见是这样难，
又怎么舍得与你分开！
百花已经开尽，
东风也已吹不起来。
蚕儿到死的时候，
丝儿才抽没，
烛儿点完的时候，
只留下眼泪一堆！
早晨起来照镜子，
只见两鬓已变白，
在月下的寒气里，
以吟诗来发泄情怀。
美人住在哪儿？
不远处就是她的楼台。
我的青鸟啊，
请送去多多的关爱！

4. 无题四首（之一）

来是空言去绝踪，
月斜楼上五更钟。
梦为远别啼难唤，
书被催成墨未浓。
蜡照半笼金翡翠[1]，
麝熏微度绣芙蓉[2]。
刘郎已恨蓬山远[3]，
更隔蓬山一万重！

1. 蜡照，烛光。金翡翠，绣有金色翡翠鸟的灯罩。

2. 麝熏，麝香的香气。

3. 刘郎，刘晨。相传东汉永平年间，浙江剡（音善）人刘晨、阮肇入天台山采药，遇仙女，留居半年后回家，子孙已七世，再上天台山访女，已不可寻。蓬山，喻仙女居处。

（译文）

灯罩上绣着金色的翡翠鸟，
被烛光照亮了半笼。
绣着荷花的帐子，
有麝香的味儿微送。
准备着你来却是空话，
根本找不到你的影踪。
等你等得睡着了，
梦中哭唤着，你还是行迹匆匆。
醒后却只见残月，
楼上已响起了五更钟。
急着要给你写信，
连墨也未曾磨浓。
刘郎找不到他的仙山，
而我比起刘郎更要难上一万重！

5. 无题四首（之二）

飒飒东风细雨来[1]，
芙蓉塘外有轻雷。
金蟾啮锁烧香入[2]，
玉虎牵丝汲井回[3]。
贾氏窥帘韩掾少[4]，
宓妃留枕魏王才[5]。
春心莫共花争发，
一寸相思一寸灰。

1. 飒飒（音萨），风雨声。

2. 金蟾，蛤蟆状镀金香炉。啮（音聂），咬住。锁，香炉的鼻钮，可开闭以置放香料。与下句均含交欢之意。

3. 玉虎，玉石装饰的虎形辘轳。丝，井索。汲井回，不断把井水汲引上来。

4. 贾氏，《世说新语》：韩寿美，贾充以其为掾，贾女与之通，充以女妻之。

5. 宓妃，传伏羲氏之女，溺于洛水，遂为洛神。此指甄妃，原为袁绍中子袁熙之妻，于官渡之战被俘，曹操将之许给曹丕。甄氏死，曹丕以其玉镂金带枕给曹植。曹植在洛水边梦见甄氏与之交欢，遂作《洛神赋》。

（译文）

东风细雨轻轻地下，
荷花池那边来了他的车马。
金蛤蟆的香炉开了门，
就可以把香料送纳；
石井儿敞开着，
玉虎辘轳勤把水打！
贾女爱上韩寿的年轻美貌，
宓妃喜欢曹植的才学通达。
我的春心啊，
千万别跟着花儿一起怒放，
怒放了要受冷落的惩罚！

6. 中 元 作

绛节飘飘空国来[1]，

中元朝拜上清回[2]。

羊权虽得金条脱[3]，

温峤终虚玉镜台[4]。

曾省惊眠闻雨过[5]，

不知迷路为花开[6]。

有娀未抵瀛洲远[7]，

青雀如何鸩鸟媒[8]？

1. 绛节，红旗。空国，京城人全部出动。
2. 中元，道家以农历七月十五为中元节。上清，寺观。
3. 金条脱，金手镯。羊权，东晋人，得道姑萼绿华所赠之金条脱。
4. 温峤，西晋人，曾以玉镜台一座定婚于从姑刘氏之女。
5. 雨，巫山云雨。
6. 暗用刘、阮入天台山遇仙女事。
7. 有娀（音松），古国名，有二女，甚美。瀛洲，仙山。
8. 青雀，青鸟，信使。鸩鸟，传说中之毒鸟。

（译文）

中元节红旗飘飘，
整个京城都击鼓吹箫。
女道士们朝拜之后，
就回观中逍遥。
羊权得到过金手镯，
温峤曾用玉镜台定情，
也都只是不可靠！
听说我所爱的跟别人相好，
让我彻夜辗转难熬。
而我还是痴迷不改，
硬是只走这一条道！
我的道姑所在的寺观并不是仙山啊，
为什么做媒的青雀却变作鸩鸟？

7. 嫦 娥

云母屏风烛影深，
长河渐落晓星沉[1]。
嫦娥应悔偷灵药[2]，
碧海青天夜夜心！

（译文）

云母屏风的深处还有烛光荧荧，
银河渐渐落了，
星星也已退隐，
天空微明。
嫦娥啊，
偷吃灵药竟带来了这样的命！
在这大海一样的青天里，
夜夜怎奈你寂寞的心灵！

1. 长河，银河。

2. 神话中嫦娥为后羿之妻，偷吃了长生之药而飞升月宫。此处比喻女冠出家修道。

8. 池　边[1]

玉管葭灰细细吹[2]，
流莺上下燕参差[3]。
日西千绕池边树，
忆把枯条撼雪时！

（译文）

玉管啊，
悠悠地吹吧！
黄莺啊，燕子啊，
上上下下地飞吧！
把曲江池边的树绕上一千次，
直到太阳下山时。
记得吗？
在大和六年和八年，
曾手把枯枝将残雪摇落，
苦苦地苦苦地相思！

---

1. 此为李商隐于开成二年春中进士时所写。他曾于大和六年和大和八年两次落第。

2. 玉管葭灰，玉管为乐器，葭是芦苇，芦苇的薄膜烧成灰，置玉管中以占节气。此处恐是葭莩之误。葭莩者，芦苇薄膜也，以粘玉管孔上。

3. 参差，前前后后。

9. 病中早访招国李十将军遇挈家游曲江二首[1]（之一）

十顷平波溢岸清，
病来惟梦此中行。
相如未是真消渴[2]，
犹放沱江过锦城[3]。

（译文）

广阔的江水清清地溢上了两岸，
病中老是梦见到这里来探看。
司马相如若是真的像我一样病着消渴，
又怎么没把流过成都的沱江喝干？

1. 招国，长安昭国里。招乃昭之误。李十将军，王茂元婿。
2. 相如，司马相如，西汉人，病消渴。此处消渴有求偶之意。
3. 锦城，成都。

10. 为有

为有云屏无限娇[1]，
凤城寒尽怕春宵[2]。
无端嫁得金龟婿[3]，
辜负香衾事早朝[4]。

（译文）

云母屏风里藏着多么美的娇娃，
一刻值千金的春宵却让人害怕。
没想到嫁给这个做大官的夫婿，
竟天天上早朝辜负了香被和她！

1. 云屏，云母屏风。
2. 凤城，京城。
3. 无端，无缘无故。金龟，三品以上佩龟符所用之袋宜金饰。
4. 香衾，香暖的被子。

11. 安定城楼[1]

迢递高城百尺楼[2]，
绿杨枝外尽汀洲[3]。
贾生年少虚垂涕[4]，
王粲春来更远游[5]。
永忆江湖归白发[6]，
欲回天地入扁舟[7]。
不知腐鼠成滋味[8]，
猜意鹓雏竟未休[9]！

1. 安定城，在今甘肃泾川县北。开成三年，博学宏词科考试，李商隐被排挤，于是入王茂元幕府，登安定城楼而赋此诗。

2. 迢递，高峻的样子。

3. 汀洲，水边地或水中沙渚。

4. 贾生，贾谊，18岁为汉文帝博士，忧心国事而被排挤。

5. 王粲，东汉末年文士，建安七子之一，依刘表十余年而不被重视。

6. 永忆，长想。

7. 扁舟，小船。入扁舟，喻功成身退。

8–9. 腐鼠，死老鼠。鹓雏，鸾凤。庄子谓：鹓雏非练实不食，非醴泉不饮。其时鸱得腐鼠，鹓雏过之，鸱仰视曰，吓！

（译文）

安定城高百尺楼，
穿过柳树可看见水中的绿洲。
年轻的贾谊空空地流泪，
王粲也是命舛难求。
总想在改革了江山之后，
再入扁舟做江湖之游。
哪里知道把腐鼠当作好滋味的鸱鸟，
却害怕鹓雏把腐鼠抢走！

12. 马嵬二首[1]（之二）

海外徒闻更九州[2]，
他生未卜此生休[3]。
空闻虎旅传宵柝[4]，
无复鸡人报晓筹[5]。
此日六军同驻马[6]，
当时七夕笑牵牛[7]。
如何四纪为天子[8]，
不及卢家有莫愁[9]！

1. 马嵬，马嵬坡，今陕西兴平市西。天宝十五年六月，安禄山攻破潼关，唐明皇奔蜀，行至马嵬，六军驻马，于是缢杨贵妃。

2. 传说杨贵妃死后住在九州之外。

3. 他生，死后之事。

4. 虎旅，禁卫军。

5. 鸡人，宫中不得养鸡，以卫士传鸡唱，敲击更筹报晓，称晓筹。

6. 此日，天宝十五年六月十四日。

7. 当时，指天宝十年七月七日，唐明皇与杨贵妃定盟世世为夫妇，哂笑牛郎织女一年只会一次。

8. 四纪，十二年为一纪，唐明皇为帝四十五年，约为四纪。

9. 传说洛阳姑娘名莫愁，嫁给卢家为妇。

（译文）

听说杨玉环死后，
还活在九州外的九州，
那事儿实在说不清，
现在她却已一命休。
只听见部队里的更柝敲响，
再也没有鸡人来报天亮的时候。
如今是六军都停下了，
不除贵妃就不走。
当年你俩却约定世世代代为夫妇，
竟笑话一年只相会一次的织女牵牛。
你唐明皇做了四十五年的天子，
怎么还不及卢家能平安地保住莫愁！

13. 细　雨 开成四年

潇洒傍回汀[1]，
依微过短亭[2]。
气凉先动竹，
点细未开萍。
稍促高高燕，
微疏的的萤[3]。
故园烟草色，
仍近五门青[4]。

（译文）

依着弯曲的河边飘洒过来，
隐约已过了短亭。
凉气微微地吹动竹叶，
细细的雨点还打不开浮萍。
催促着燕子赶快回家，
也渐渐不见了明亮的流萤。
看着京城的一片绿色，
故乡也应已草木青青。

1. 回汀，弯曲的水边地带。
2. 依微，隐约可见。
3. 的的，细而明亮。
4. 五门，《礼记》：天子五门。此指京城。

14. 东　南

东南一望日中乌[1]，
欲逐羲和去得无[2]？
且向秦楼棠树下[3]，
每朝先觅照罗敷[4]。

（译文）

朝着东南看看太阳中的乌鸦，
想去追赶羲和又哪能啊？
每天还是先向着秦楼的桑树，
找到罗敷去照照她吧。

1. 古神话，太阳中有三只脚的乌鸦。

2. 古神话，羲和以六龙驾车，载着太阳奔跑。

3–4. 秦楼、罗敷，乐府《陌上桑》：“日出东南隅，照我秦氏楼。秦氏有好女，自名为罗敷。”棠树，当是桑树之误。李商隐婚后不久，到长安为秘书省校书郎，思念妻子也。

15. 任弘农尉献州刺史乞假归京[1] 开成五年

黄昏封印点刑徒[2]，
愧负荆山入座隅[3]。
却羡卞和双刖足[4]，
一生无复没阶趋[5]。

（译文）

到了黄昏，
又该封好官印把囚徒清点，
座位对着荆山，
很惭愧总没空去那儿休闲。
我真羡慕那楚国荆山的卞和，
他被砍掉了双足，
就用不着在石阶上颠踬。

1. 李商隐为弘农尉，因救活了一个死囚而逆了观察使孙简之意。此诗为将被孙简罢官时所作。

2. 封存官印，清点罪犯，是县尉每日散衙前的例行公事。

3. 荆山，在今阌乡县内，因此使诗人想起楚国之荆山。

4. 卞和，春秋楚人，他发现玉璞，献给楚厉王、楚武王，被认为欺诈，两足先后被砍。

5. 没阶趋，尽阶趋，卞和无足，不用上下阶了。

16. 自 贶[1]

陶令弃官后[2]，
仰眠书屋中。
谁将五斗米[3]，
拟换西北风？

（译文）

陶渊明甩了官回家，
仰天躺在书房里。
凉风吹来真舒服啊，
谁还要那五斗米？

1. 自贶（音况），自赠。这篇也是任弘农尉将罢时之作。
2. 陶令，陶渊明，曾为彭泽县令。
3. 陶潜曰：“吾不能为五斗米折腰。”乃指不愿为江州刺史王凝之（五斗米道）折腰，李商隐即依前人把五斗米理解为官俸。

17. 暮秋独游曲江

荷叶生时春恨生，
荷叶枯时秋恨成。
深知身在情常在，
怅望江头江水声！

（译文）

在这暮秋，
在这曲江边就我独自。
江中的荷叶枯了，
你也已经仙逝。
而当荷叶刚出水，
那时我们才相知！
只要我还活在世上，
就会不停地哀思；
呆呆地看着这江水，
江水啊，你将流到何时？

18. 无题二首（之一） 会昌二年

昨夜星辰昨夜风，
画楼西畔桂堂东[1]。
身无彩凤双飞翼，
心有灵犀一点通[2]。
隔座送钩春酒暖[3]，
分曹射覆蜡灯红[4]。
嗟余听鼓应官去[5]，
走马兰台类转蓬[6]。

1. 画楼，楼堂的美称。桂堂，厅堂的美称。
2. 灵犀，古代以犀为神兽。犀角中央有一条白纹如线，通两端。
3. 送钩，猜拳。
4. 分曹，分伴侣。射覆，猜度预藏之物，也是酒令的一种。
5. 鼓，报晓的鼓。应官，点到。
6. 兰台，秘书省。

（译文）

昨夜的星光灿烂，
风儿也分外轻柔，
那宴会就开在画楼的西边，
桂堂的东头。
我没有彩凤的双翼，
飞不到你的左右，
但我们的心却像犀牛角一样，
中央有一线相透。
我们隔着座儿猜拳，
喝着暖融融的美酒，
又是分班儿猜谜，
让烛光映照着你的明眸。
可惜啊，报晓的鼓声响了，
我又无法把身羁留，
只得匆匆地去了，
到秘书省做无聊的校书手。

19. 无题二首（之一）

凤尾香罗薄几重[1]？
碧文圆顶夜深缝[2]。
扇裁月魄羞难掩[3]，
车走雷声语未通。
曾是寂寥金烬暗[4]，
断无消息石榴红。
斑骓只系垂杨岸，
何处西南待好风？

1. 凤尾香罗，织有凤尾花的绮罗。
2. 碧文圆顶，有碧色花纹的圆顶罗帐。
3. 月魄，原指月中阴影，此指圆月。
4. 金烬，烛芯上燃着的灯花。此指烛光。

（译文）

织有凤尾花的罗绮，
把圆顶的帐子裁起，
连夜要把它缝制完毕。
车声像是响雷，
要来的人肯定是伊，
就拿圆月似的扇子遮遮红颐。
一句话没说车就过去，
石榴花儿怒放也是空费，
等呀等得蜡烛都点成了灰。
伊人的马儿该系在垂杨岸吧？
可有风儿把我吹到那里？

20. 无题二首（之二）

重帏深下莫愁堂[1]，
卧后清宵细细长[2]。
神女生涯原是梦[3]，
小姑居处本无郎[4]。
风波不信菱枝弱，
月露谁教桂叶香？
直道相思了无益[5]，
未妨惆怅是清狂[6]！

1. 深下，深处。莫愁，此指深闺未嫁之少女。
2. 清宵，静夜。
3. 神女，巫山神女。
4. 《南朝乐府》：“小姑所居，独处无郎。”
5. 直，即使。
6. 清狂，痴情。

（译文）

在重重的帷幕后面，
居住着窈窕的小妹，
于这静夜躺在床上，
细细地咀嚼着失眠的滋味。
那巫山神女遇到了楚王，
也不过是一场梦寐，
少女所居的地方，
哪能有郎君相陪？
流言蜚语啊，
像风暴一样将菱叶摧毁，
桂花虽然喷香，
可惜遮盖着重重的雾水。
即使相思是毫无用处，
她的痴心也永不改悔！

21. 骊山有感

骊岫飞泉泛暖香[1]，
九龙呵护玉莲房[2]。
平明每幸长生殿[3]，
不从金舆唯寿王[4]！

（译文）

骊山的温泉散发着暖暖的香气，
经由九龙殿就到了沐浴的莲房里。
每天早晨明皇与贵妃都到长生殿，
鸾驾的后面只有寿王不追随！

1. 骊岫飞泉，骊山温泉。
2. 九龙，唐明皇待浴之殿名。玉莲房，唐明皇之浴室。
3. 长生殿，唐明皇在华清池之斋殿。
4. 金舆，皇帝车驾。寿王，唐明皇第18子，杨贵妃原为寿王妃。

22. 天津西望

虏马崩腾忽一狂[1]，
翠华无日到东方[2]。
天津西望肠真断[3]，
满眼秋波出苑墙[4]！

（译文）

胡马奔腾疯狂了一趟，
皇上的车驾再也不到洛阳。
从天津桥上向西望去，
伤心得叫人断肠。
唯见那洛水从苑内流出，
就像泪水不断地往外淌！

1. 虏马崩腾，指安史之乱。
2. 翠华，皇帝仪仗中以翠鸟羽毛装饰的旗。
3. 天津，天津桥，在洛阳宫苑之东。
4. 秋波，指洛水，自苑内上阳之南弥漫东流。

23. 白云夫旧居

平生误识白云夫[1]，
再到仙檐忆酒垆[2]。
墙外万株人绝迹，
夕阳惟照欲栖乌。

（译文）

徒然认识白云夫，
没有跟他去学道，
如今来到他的故居，
唯能想起与他饮酒谈笑。
墙外竹林万株，
人在何方逍遥？
夕阳透过竹林，
只把进巢的乌鸦探照。

1. 白云夫，白道士。误识，枉识。
2. 白云夫嗜酒。

24. 北青萝[1]

残阳西入崦[2]，

茅屋访孤僧。

落叶人何在？

寒云路几层？

独敲初夜磬[3]，

闲倚一枝藤[4]。

世界微尘里[5]，

吾宁爱与憎[6]！

（译文）

太阳已快要下山，

到山中茅屋来把独住的和尚探看。

山上到处都是落叶，

他可会去寒云深深的峰峦？

原来正在独自敲磬，

站起身来倚着藤杖与我攀谈。

他说大千世界渺若微尘，

我们何必要有爱恨来跟自己为难！

1. 北青萝，在河南济源市王屋山。
2. 崦（音烟），指群山。
3. 初夜，入夜之时。
4. 藤，藤杖。
5. 微尘，佛家指极细小的物质。
6. 宁，难道。

25. 春宵自遣

地胜遗尘事[1]，
身闲念岁华[2]。
晚晴风过竹，
深夜月当花[3]。
石乱知泉咽[4]，
苔荒任迳斜[5]。
陶然恃琴酒[6]，
忘却在山家。

1. 胜，风景优美。遗，忘也。尘事，世俗之事。
2. 岁华，美好景物。
3. 当，对。
4. 泉咽知石乱。
5. 迳，即径。
6. 靠了琴酒才快乐。

（译文）

看着美好的风景，
让我忘掉世上的俗事，
因为有闲，
才能留恋优雅的景致。
在晴朗的晚上，
风儿吹动了竹枝，
夜渐渐深了，
花儿在月下展姿。
泉水的流声呜咽，
那是遇到一堆乱石，
荒芜的草丛间，
一条小路蜿蜒如之字。
最高兴是有琴又有美酒，
就忘了身在山中野寺。

26. 所居永乐县久旱，县宰祈祷得雨，因赋诗

甘膏滴滴是精诚[1]，
昼夜如丝一夕盈。
只怪闾阎喧鼓吹[2]，
邑人同报束长生[3]！

（译文）

精诚所至啊，
天开了恩。
一天一夜啊，
细雨沉沉。
都是村民的锣鼓喧天，
把龙王惊起了身；
可是村民们啊，
却把功劳归于县令一人！

---

1. 甘膏，好雨。
2. 怪，惊讶。吹，读去声。
3. 束长生，束皙。《晋书》：“太康中，郡大旱，皙为邑人请雨，三日而雨注。”

27. 春日寄怀

世间荣落重逡巡[1]，
我独丘园坐四春[2]。
纵使有花兼有月，
可堪无酒又无人！
青袍似草年年定[3]，
白发如丝日日新。
欲逐风波千万里，
未知何路到龙津[4]！

（译文）

人世的升降是瞬息即变，
而我却在家中呆坐了四年。
哪怕是有花又有月亮，
但就没人把我推荐。
八品官的青袍年年都一样，
头上的白发却越来越亮眼。
一心想去追逐风波千万里，
却不知哪条路才能见龙颜！

1. 重逡巡，很迅速。
2. 四春，自会昌二年至会昌五年。
3. 青袍，唐制，官八九品服青。
4. 龙津，龙门。

28. 喜闻太原同院崔侍御台拜，兼寄在台三二同年之什[1]

鹏鱼何事遇屯同[2]？
云水升沉一会中[3]。
刘放未归鸡树老[4]，
邹阳新去兔园空[5]。
寂寥我对先生柳[6]，
赫奕君乘御史骢[7]。
若向南台见莺友[8]，
为传垂翅度春风[9]。

1. 太原同院，会昌四年春杨弁之乱前与崔同在太原李石幕府。侍御，侍御史。台拜，侍御台授予。同年，同榜进士。什，篇什，诗篇。

2. 鹏，指崔，鱼指自己。屯同，危难的处境。

3. 云水升沉，崔如云之升，己如水中沉。一会，时间短暂。

4. 刘放，曹操的主簿记室，曹丕时为秘书监。朝中人不平，谓刘放如宫中之鸡栖树，不复久矣。鸡栖树，皂荚树。

5. 邹阳，西汉人，以文辩知名，曾为梁孝王上客。兔园，梁园。

6. 先生柳，陶渊明宅前有五柳。

7. 赫奕，显赫。

8. 南台，御史台。莺友，同年进士，唐谓登第为迁莺。

9. 垂翅，受挫折不能奋飞。

（译文）

大鹏和小鱼啊，
为什么会一起遇到恐慌？
白云上升而泉水入涧，
一会儿就别如天壤。
我像鸡栖树似的，
将要老死在家乡，
而你即已离开故园，
去到京中风光。
寂寞啊，
我如同五柳先生一样，
你却是显赫，
把御史的马儿骑上。
你到了御史台，
如果遇到我的同榜，
就说我虽在春风中，
却已垂下翅膀。

29. 菊

暗暗淡淡紫，
融融冶冶黄[1]。
陶令篱边色[2]，
罗含宅里香[3]。
几时禁重露[4]，
实是怯残阳[5]。
愿泛金鹦鹉[6]，
升君白玉堂[7]。

1. 融冶，明丽。
2. 陶令，陶渊明。他有诗“采菊东篱下”。
3. 罗含，晋人，致仕还家，阶庭有兰菊丛生。
4. 未受过雨露之恩。
5. 有美人迟暮之感。
6. 以菊浸酒，盛于鹦鹉螺所制的金色酒杯中。
7. 在白玉堂上敬酒于君。指希望早日能入朝参政。

（译文）

紫色的菊花有点暗淡，
黄色的菊花却很明亮。
长满在陶渊明的东篱，
又在罗含的阶庭生香。
什么时候得到过恩泽？
真怕快要下山的太阳。
但愿能泡于金酒杯中，
早日举贺在白玉堂上。

30. 七夕偶题

宝婺摇珠佩[1]，
嫦娥照玉轮。
灵归天上匹，
巧遗世间人[2]。
花果香千户，
笙竽溢四邻。
明朝晒犊鼻[3]，
方信阮郎贫[4]。

1. 宝婺，婺女星，离牛郎织女星较近。

2. 巧，乞巧。七月七夜，妇女以连穿七孔针者为聪明，此风俗谓之乞巧。

3. 犊鼻，犊鼻裈，内裤也。

4. 阮郎，阮咸。七月七，诸阮盛晒衣物，锦绮粲目，而阮咸独以大布犊鼻悬挂于庭。

（译文）

牛郎织女要相会了，
宝婺星把珠佩摇响，
嫦娥也把镜子擦亮。
这是天上的灵配啊，
世间的妇女也来乞巧忙。
家家户户都祭摆着花果，
还有的把笙竽吹上。
等到明天把犊鼻晒出，
才知道我的贫穷胜过阮郎！

31. 离亭赋得折杨柳二首[1]（之一）

会昌六年

暂冯樽酒送无憀[2]，
莫损愁眉与细腰。
人世死前惟有别，
春风争拟惜长条[3]！

（译文）

且举酒杯遣送离愁，
不要为了送行去折杨柳。
可是，
黯然神伤者唯别而已矣，
不折杨柳又怎么能够！

1. 折杨柳，汉乐府曲名，后人拟作。
2. 冯，凭也。无憀，无聊。
3. 争，怎。

32. 过景陵[1]

武皇精魄久仙升[2]，
帐殿凄凉烟雾凝。
俱是苍生留不得[3]，
鼎湖何异魏西陵[4]！

（译文）

宪宗的魂魄早已飞升，
他的住处是蛛网层层。
老百姓留你也留不住，
骑龙上天和做坟在地都一样叫“崩”！

1. 景陵，唐宪宗墓。
2. 武皇，指唐宪宗。
3. 苍生，百姓。
4. 鼎湖，黄帝骑龙升天之地。西陵，西岗，曹操葬处。

33. 瑶 池

瑶池阿母绮窗开[1]，
黄竹歌声动地哀[2]。
八骏日行三万里[3]，
穆王何事不重来？

（译文）

西王母会过了周穆王，
就打开瑶池的窗子天天盼望。
悲哀的黄竹歌声啊，
是否又在远方唱响？
他不是有八匹骏马吗？
在三万里一天的奔忙。
周穆王难道也逝去了吗？
学道求仙真是虚妄！

1. 瑶池，西王母住处。阿母，西王母。绮窗，雕有花纹的窗。
2. 黄竹歌声，周穆王的歌，哀百姓之苦。
3. 八骏，周穆王有八匹马。

34. 四皓庙[1]

本为留侯慕赤松[2]，
汉庭方识紫芝翁[3]。
萧何只解追韩信[4]，
岂得虚当第一功[5]！

（译文）

张良本已功成身退，
但他却让吕后认识了四位老人，
由此而使太子能够坐稳。
至于那个追回韩信的萧何，
岂能封作第一功臣！

1. 四皓，即商山四皓，即东园公、角里先生、绮里季、夏黄公。年皆八十余，秦末隐于商山。汉初，刘邦聘之不至，吕后用张良计，令太子以卑辞安车与之游，使刘邦消除改立太子之意。本诗是惜李德裕未能早定国储，以安邦本，以致武宗死后，国为之变。

2. 留侯，张良。赤松，赤松子，仙人。

3. 紫芝翁，张良曾作紫芝歌以迎四皓。

4. 萧何，刘邦助手。韩信未得刘邦重用，逃亡，被萧何追回。

5. 刘邦封侯，以萧何为第一。

35. 海　客

海客乘槎上紫氛[1]，
星娥罢织一相闻[2]。
只应不惮牵牛妒[3]，
聊用支机石赠君[4]！

（译文）

海客乘着木筏到了星天，
织女停下布机与他相见。
她不怕引起牵牛的妒忌，
就把支机石送上一片。

1. 槎，木筏。紫氛，紫霄。汉武帝命张骞使大夏，寻河源。骞乘筏经月至一处，有女子织布者，有牵牛饮河者，织女取榰（音支）机石与骞。骞问何处？谓归问严君平。归至蜀，问君平，君平曰：某年某月，客星犯牛、女。此实乃牛郎织女也。

2. 星娥，织女星。相闻，相见。

3. 只应，只因。

4. 支机石，即榰机石。海客指郑亚，织女指诗人自己，牵牛指令狐綯，支机石，指自己的文才。

36. 离　席[1]

出宿金尊掩[2]，
从公玉帐新[3]。
依依向余照[4]，
远远隔芳尘[5]。
细草翻惊雁，
残花伴醉人。
杨朱不用劝[6]，
只是更沾巾。

（译文）

出门了就摆起酒席，
跟着郑公在崭新的军幕里。
回头向着余照惜别，
远远地离开了京畿。
小草也惊动了飞雁，
残花伴着我烂醉如泥。
杨朱见歧路而泣不用劝阻，
我啊要比杨朱流更多的眼泪！

---

1. 离席，从郑亚出都之饯席。
2. 玉帐，军幕。
3. 金尊掩，金樽帐饮。
4. 向东行，回头向余照惜别。
5. 芳尘，指京师。
6. 杨朱，战国魏人。谓其见歧路而泣。

37. 梦泽[1]

梦泽悲风动白茅，
楚王葬尽满城娇[2]。
未知歌舞能多少，
虚减宫厨为细腰。

（译文）

洞庭湖起了悲风，
白茅花随风飘摇。
楚灵王喜欢细腰，
饿死的宫女知有多少？
又有几个能歌善舞的呢？
宫厨们却天天把剩饭倒掉！

1. 梦泽，云梦泽，今洞庭湖。
2. 楚王，楚灵王。《韩非子》："楚灵王好细腰，而国中多饿人。"

38. 桂　林

城窄山将压，
江宽地共浮。
东南通绝域[1]，
西北有高楼。
神护青枫岸[2]，
龙移白石湫[3]。
殊乡竟何祷？
箫鼓不曾休！

（译文）

窄窄的城市依着壁立的山峰，
满满的江水像与地面一起浮动。
向东南通向很远的地方，
西北边又有高楼矗立在空中。
古老的青枫树藏有神灵，
白石潭里躲着蛟龙。
这偏僻的处所在祷告什么，
吹箫打鼓还伴着吟颂？

1. 绝域，绝远的地域。
2. 南人风俗，枫树有神灵。
3. 白石湫，又名白石潭，在桂林北，传说潭中有蛟龙。

39. 深树见一颗樱桃尚在

高桃留晚实，
寻得小庭南。
矮堕绿云髻[1]，
欹危红玉簪[2]。
惜堪充凤食，
痛已被莺含。
越鸟夸香荔，
齐名亦未甘[3]！

（译文）

走向小庭南边的尖角，
在高枝上挂着一颗樱桃。
树叶像堕马髻，
它就像红玉簪一样斜挑。
本来是凤凰的食物啊，
却被黄莺啄掉。
越地的鸟儿都在夸耀荔枝，
让它与荔枝齐名也是赞美太少！

---

1. 矮堕，倭堕。古代妇女的一种发髻。
2. 红玉簪，指樱桃。
3. 樱桃，作者自比；凤凰，比作朝廷；黄莺，比作幕府；荔枝，比作南地文人。

40. 晚 晴

深居俯夹城[1]，

春去夏犹清。

天意怜幽草[2]，

人间重晚晴。

并添高阁迥[3]，

微注小窗明[4]。

越鸟巢干后[5]，

归飞体更轻。

（译文）

俯视着城外的月城，

我的高阁矗立在市中。

初夏的天气清和宜人，

小窗被夕阳照得蒙蒙。

老天爷特爱那些小草，

人世间也把晚晴看重。

你看那鸟巢已经干了，

鸟儿们归来多么轻松。

1. 夹城，城门外之月城。
2. 幽草，幽僻的小草。
3. 更在高阁看远处。
4. 微注，夕阳余晖。
5. 越鸟，南方的鸟。

41. 朱槿花二首（之二）

勇多侵露去[1]，
恨有碍灯还[2]。
嗅自微微白[3]，
看成沓沓殷[4]。
坐忘疑物外[5]，
归去有帘间。
君问伤春句，
千辞不可删。

（译文）

早起趁着雾露去看朱槿花，
到了上灯时分才遗憾地看罢。
从花开微白开始闻起，
一直看到飘落的殷红沓杂。
坐着忘记了身外的世界，
归去是帘幕重重客地的家。
你问有什么伤落英的妙句，
确有千言万语却无法写下！

1. 一早就去。
2. 碍灯还，上灯时才归。
3. 从微白开始闻。
4. 看到殷红粉落。
5. 坐忘，道家追求物我两忘。

42. 花下醉

寻芳不觉醉流霞[1]，
倚树沉眠日已斜。
客散酒醒深夜后，
更持红烛赏残花。

（译文）

赏花不觉就喝醉了酒，
靠着大树睡得昏了头。
客人散尽酒醒已在深夜后，
独自举烛再把残花看个够。

1. 流霞，脸红也。

43. 桂林道中作

地暖无秋色，
江晴有暮晖。
空余蝉嘒嘒[1]，
犹向客依依。
村小犬相护，
沙平僧独归。
欲成西北望，
又见鹧鸪飞[2]。

（译文）

秋天了树叶还没发黄，
江面上反射着落日的余光。
客人啊你慢慢走，
树上的知了齐声嚷嚷。
小村子里狗声相叫，
平平的沙滩上走来一个和尚。
鹧鸪在说“不如归去”，
我只能向西北的家乡空望。

1. 嘒嘒，象声词。
2. 鹧鸪飞，鹧鸪鸣声似“不如归去”。

44. 端　居[1]

远书归梦两悠悠[2]，
只有空床敌素秋。
阶下青苔与红树，
雨中寥落月中愁。

（译文）

远方的来信回家的梦，
两件事情都成空，
只有这一张素床，
独对着秋天的西风。
青苔生在阶下，
红树植在庭中，
在雨里它们是多么寥落，
在明月下更是愁情万种！

1. 端居，闲居。
2. 远书，远方来信。

45. 夜　意[1]

帘垂幕半卷，
枕冷被仍香。
如何为相忆，
魂梦过潇湘?

（译文）

帘幕有一半卷起，
被子里还留着香气。
妻子呀为了想念我，
你的魂儿怎样把湘水越飞?

1. 夜意，夜思。

46. 洞庭鱼

洞庭鱼可拾，
不假更垂罾[1]。
闹若雨前蚁，
多于秋后蝇。
岂思鳞作簟[2]，
仍计腹为灯[3]。
浩荡天池路，
翱翔欲化鹏！

（译文）

洞庭湖的鱼随处可捡，
不用网捉鱼也很方便。
熙熙攘攘像下雨前的蚂蚁，
还像蚊蝇到了秋天。
难道不从鱼鳞想起做簟子吗？
而且鱼油可以把灯来点！
浩浩荡荡都在奔向天池，
总想飞起来把鹏鸟嬗变！

1. 不假，不用。罾，有支架的渔网。
2. 鱼鳞簟，簟纹如鱼鳞。
3. 鱼脂可以点灯。

47. 题　鹅

眠沙卧水自成群，
曲岸残阳极浦云。
那解将心怜孔翠[1]，
羁雌长共故雄分[2]。

（译文）

鹅们浮在水上睡觉，
有时成群在沙滩上逍遥。
曲曲的江岸落下残照，
远处的山头已被暮云遮掉。
鹅们可不会去可怜那只关着的雌孔雀，
雄孔雀却又没将它找到！

1. 孔翠，孔雀。
2. 羁雌，被关的雌孔雀。这是题画诗，谓有才者不及无能者。

48. 乱 石

虎踞龙蹲纵复横，
星光渐减雨痕生[1]。
不须并碍东西路，
哭杀厨头阮步兵[2]。

（译文）

许多陨石从天上降临，
像龙像虎蹲踞不禁。
原有的星光已不复存在，
还渐渐地多上一点泥痕。
它们堵住了东边的路，
又不让人向西前进。
阮籍如果来到这里，
一定会哭得声嘶气凝！

1. 星光，陨石之光。
2. 阮步兵，阮籍，曾为步兵校尉。

49. 木　兰[1]

二月二十二，
木兰开坼初[2]。
初当新病酒，
复自久离居[3]。
愁绝更倾国，
惊新闻远书[4]。
紫丝何日障[5]？
油壁几时车[6]？
弄粉知伤重[7]，
调红或有余[8]。
波痕空映袜，
烟态不胜裾[9]。
桂岭含芳远，
莲塘属意疏[10]。
瑶姬与神女[11]，
长短定何如？

1. 木兰，花名，以代诗人所爱恋之女子。
2. 开坼（音彻），绽开，暗指云雨之事。
3. 自，因为。
4. 远书，家信。
5. 紫丝障，遮蔽风尘或视线的锦制行幕。
6. 妇女所乘的油壁车。
7. 着粉太白。
8. 施朱太赤。
9. 此两句指女子的步态轻盈。
10. 莲塘，其附近有诗人属意的女子。
11. 瑶姬，神女名。

（译文）

二月二十二，
那是我与桂林姑娘行欢的日子！
总是因为酒喝得太多，
又把长久分居的妻子相思。
忽闻家中有信来，
你伤心了更是多姿！
能有紫丝障把我们遮蔽起来吗？
什么时候能让你乘上油壁车奔驰？
你加了粉就太白，
因怕太红又不能擦胭脂！
走起路来是凌波微步，
袅娜的裙裾与西施相似！
唉，这桂林的艳遇已远去了，
当年莲塘边上的情人也是梦痴！
哪个是瑶姬，哪个是巫山神女？
评价她们的短长我又怎么能知！

50. 失猿[1]

祝融南去万重云[2]，
清啸无因更一闻。
莫遣碧江通箭道[3]，
不教肠断忆同群！

（译文）

祝融更向南方去了，
云遮雾障。
从此再也听不见，
我的清啸有多响亮。
湘江的上游在山间跌宕，
是无法行走的小道羊肠。
忆念岭南那边的同僚啊，
怎能不令人悲伤！

1. 失猿，失群之猿。诗人自比。失猿有“失援”之意。

2. 祝融，火神。此指郑亚，大中二年二月，他从桂管（治在桂林）观察使贬为循州（今广东龙川县）刺史，又往南了。诗人因此离开郑亚北归。

3. 碧江，指湘江。箭道，指湘江上游，翻过五岭到广东。

51 贾 生[1]

宣室求贤访逐臣[2]，
贾生才调更无伦[3]。
可怜夜半虚前席[4]，
不问苍生问鬼神[5]！

（译文）

皇上求贤心切啊，
对被贬的臣子也咨询。
贾生的才华啊，
谁人能与之同林？
谈话谈到夜半，
可惜文帝白白地将坐垫移近，
只问了许多鬼神之事，
却一句也不问黎民！

1. 贾生，贾谊。18岁时，汉文帝召为博士，不久迁太中大夫，为周勃等所忌，贬为长沙王太傅。数年后，汉文帝召回问事。而后文帝曰："吾久不见贾生，自以为过之，今不及也。"一般人都要赞文帝谦虚，但诗人却看到了可悲之处。

2. 宣室，未央宫前殿正室。

3. 无伦，无与伦比。

4. 可怜，可惜。前席，将坐垫前移。

5. 苍生，百姓。

52. 夜雨寄北[1]

君问归期未有期，
巴山夜雨涨秋池。
何当共剪西窗烛，
却话巴山夜雨时。

（译文）

你问我什么时候回家，
我现在还无法回答。
在这细雨蒙蒙的秋夜，
在这荒凉的巴山脚下，
愁思就像池水涨平了堤坝。
定会有那样一天，
我们并坐于西窗之前，
诉说这巴山夜雨的熬煎；
定然会把蜡烛芯剪了又剪，
知心话儿多如涌泉。

1. 此诗又名《夜雨寄内》，郑亚被贬循州，李商隐即离桂北归。至湖南，观察使李回不能用；远房表兄杜悰正任西川节度使，于是入川，但考虑到杜是牛党重要人物，所以就在川东一带逗留下来。

53. 有 感

非关宋玉有微词[1]，
却是襄王梦觉迟[2]。
一自高唐赋成后，
楚天云雨尽堪疑[3]。

（译文）

宋玉曾经委婉地劝诉，
楚王还是沉迷不悟。
自从宋玉写了《高唐赋》，
他的情诗都变作讽谏也真无辜！

1. 微词，委婉的言辞。
2. 襄王梦，襄王在巫山梦与神女相会。
3. 李商隐曾写过托讽的爱情诗，于是人们就以为他写的爱情诗都是托讽的，李以此诗作辩。

54. 九月於东逢雪[1]

举家忻共报[2]，
秋雪堕前峰。
岭外他年忆[3]，
於东此日逢。
粒轻还自乱[4]，
花薄未成重。
岂是惊离鬓，
应来洗病容。

（译文）

家里人和路上的我都高声喊道，
下雪啦！秋雪在山前飘飘。
在桂林，只能回忆雪景，
而今天，却在商於的东边遇到。
雪花是那样轻，
它们随风乱舞，不知飞向哪儿才好。
难道是来跟我的两鬓赛白？
还是要洗一下我病后的容貌？

1. 於（音乌）东，商於之东。
2. 忻，同欣。
3. 在桂林的时候只能回忆下雪。
4. 随风乱舞。

55. 旧将军[1]

云台高议正纷纷[2]，
谁定当时荡寇勋？
日暮灞陵原上猎[3]，
李将军是旧将军！

（译文）

在云台上高官们纷纷议论功臣有三十二人，
为什么不让李广也画图留名？
他从灞陵打猎归来日已衔山，
灞陵尉呵斥他是旧将军就将他留宿在长亭。

1. 旧将军，指西汉将军李广，旧者，指其退役而言。

2. 云台，汉宫中台阁名。

3. 灞陵，在长安东南，有汉文帝陵墓。此诗讽刺唐宣宗时贬斥前期有功将相，为李德裕鸣冤叫屈。

56. 宫中曲

云母滤宫月[1]，
夜夜白于水。
赚得羊车来[2]，
低扇遮黄子[3]。
水精不觉冷[4]，
自刻鸳鸯翅[5]。
蚕缕茜香浓[6]，
正朝缠左臂[7]。
巴笺两三幅[8]，
满写承恩字。
欲得识青天，
昨夜苍龙是[9]。

1. 云母，云母窗。

2. 羊车，晋武帝内宠近万人，夜乘羊车，恣其所止，至便宴寝。宫人即以竹叶插户、盐水洒地，以引帝车。

3. 黄子，涂在额上的月牙形黄点，即额黄。

4. 水晶，以水晶装饰的床。

5. 刻，刻意。鸳鸯翅，鸳鸯展翅。

6. 蚕缕，丝织品。茜，茜草，红色的染料。

7. 缠左臂，破身之血染红了白绢，用以缠于左臂，即证明有幸于皇上。“正”暗含“证”之义。

8. 巴笺，四川产的精美信纸。

9. 苍龙，皇帝。

（译文）

月光透过云母的窗屏，
整个房间都如白雪。
盐水洒地引来了皇上坐的羊车，
用扇子遮着额黄还要扭捏。
忍住了水晶床的冰冷，
对皇上紧紧地把身来贴。
准备好用白绢沾上破身的血，
明天缠在左臂上是皇上着的色。
再用巴笺两三张，
写满了感谢皇上的恩泽。
又跟人说想要见皇上吗？
那就请苍龙入梦来合。

57. 歌　舞

遏云歌响清，
回雪舞腰轻。
只要君流盼，
君倾国自倾。

（译文）

美妙的歌声让白云伫听，
婀娜的舞姿如飞雪轻盈。
皇上的双眼把宫妓死盯，
国家的倾颓来自皇上的斜倾！

58. 杜司勋[1]

高楼风雨感斯文[2]，
短翼参差不及群。
刻意伤春复伤别[3]，
人间惟有杜司勋！

（译文）

为你的文章感动，
在这风雨飘摇之时。
翅膀太短了，
追不上同群的飞驰。
真心的哀伤别离，
真心的哀伤时光流逝，
在这茫茫的大地上，
也只剩下了你杜牧之！

1. 杜思勋，杜牧，曾做司勋员外郎。
2. 高楼风雨，政治动荡。斯，这个。
3. 伤春，痛惜时光流逝。

59. 李卫公[1]

绛纱弟子音尘绝[2]，
鸾镜佳人旧会稀[3]。
今日致身歌舞地[4]，
木棉花暖鹧鸪飞[5]。

（译文）

受业于你的门生已没有音信，
你美丽的家妓也见不到身影。
今天你来到这南蛮的地方，
只见到木棉花开还听到鹧鸪飞鸣。

1. 李卫公，李德裕，曾封卫国公，此时已被贬在岭南。
2. 绛纱弟子，受业门人。马融曾施绛纱帐授徒。
3. 鸾镜佳人，所蓄家妓。
4. 歌舞地，指岭南地方。南越王赵佗曾歌舞于广州越秀山歌舞冈。
5. 花暖，花盛开。鹧鸪，鸣声如“行不得也哥哥”。

60. 流　莺

流莺飘荡复参差，
渡陌临流不自持[1]。
巧啭岂能无本意，
良辰未必有佳期。
风朝露夜阴晴里，
万户千门开闭时。
曾苦伤春不忍听，
凤城何处有花枝[2]？

1. 不自持，不能自主。

2. 凤城，京城，长安。唐初李义府《咏乌》：“上林多少树，不借一枝栖！”

（译文）

流莺高低飞翔，
它在到处飘荡，
飞过多少阡陌和河流，
无法把握自己的方向。
里面含有多少深意，
它那美妙的歌唱。
总是没有碰到机遇，
虽有挺好的时光。
刮着大风的早晨，
降下浓露的夜晚，
无论老天是阴雨还是晴朗，
无论那千门万户是开着还是闭上，
它的歌声是越唱越响。
不忍去听啊，
总为时光流逝而悲伤！
京城里到处有花，
但又有哪一枝可以依傍？

61. 裴明府居止[1]

爱君茅屋下，
向晚水溶溶。
试墨书新竹，
张琴和古松。
坐来闻好鸟，
归去度疏钟[2]。
明日还相见，
桥南贳酒醲[3]。

（译文）

我来到您的茅屋前，
夕阳照得池水潋滟。
您画出新竹几枝，
又让古松的风声和着您的琴弦。
在野外闲坐静赏好鸟相鸣，
慢步归来听着传来的钟音。
明天还要来和您相会，
到桥南赊了酒与您痛饮。

---

1. 裴明府，姓裴的知县。明府，汉人以称太守，唐人以称县令。居止，住处。裴明府罢官退隐长安南郊。

2. 度，传送。

3. 贳（音世），赊欠。

62. 戏题友人壁

花迳逶迤柳巷深，
小阑亭午啭春禽[1]。
相如解作长门赋[2]，
却用文君取酒金[3]！

（译文）

弯弯的小路边长满了花草，
柳树间是长长的巷道。
正午的长廊里挂着鸟笼，
春禽们歌唱得真是热闹。
能作《长门赋》的司马相如，
文才当然很好，
可是开起了酒店，
还是要文君出来卖笑！

---

1. 亭午，正午。
2. 汉武帝不再幸陈皇后，别居长门宫，皇后以黄金百斤让司马相如作《长门赋》献帝，得以复幸。
3. 相如与文君私奔，至临邛，买酒舍，令文君当垆。

63. 漫成五章（之三）

生儿古有孙征虏[1]，
嫁女今无王右军[2]。
借问琴书终一世[3]，
何如旗盖仰三分[4]！

（译文）

生个儿子应当像孙仲谋那样，
出嫁女儿就要找王羲之的躺相。
王羲之是伴着琴书过的一生，
又怎能比得上三分天下称王！

1. 孙征虏，孙权，曾封为讨虏将军。曹操曾曰：“生儿当如孙仲谋！”

2. 王右军，王羲之，曾为右军将军。太尉选婿，令门生往王导家查看，门生归曰：诸少皆矜持，惟一人在东床坦腹而食。太尉郗鉴曰：“正此佳婿耶！”访之，乃王羲之。

3. 琴书，泛指文艺之事。王羲之不愿为官，尽山水之游。

4. 旗盖，帝王之兆。三分，孙吴，为三国之一。

64. 哭刘蕡[1]

上帝深宫闭九阍[2]，
巫咸不下问衔冤[3]。
黄陵别后春涛隔[4]，
湓浦书来秋雨翻[5]。
只有安仁能作诔[6]，
何曾宋玉解招魂[7]！
平生风义兼师友，
不敢同君哭寝门[8]！

1. 刘蕡，文宗大和二年，应贤良对策，极言宦官祸国，考官惧宦官，不敢录用。令狐楚、牛僧儒推荐为幕府，授秘书郎。宦官诬陷，贬柳州司户参军，后流浪楚地，客死浔阳。

2. 九阍，喻帝王之宫门。

3. 巫咸，神巫名。当作巫阳，李商隐据扬雄《甘泉赋》。

4. 黄陵，在湖南湘阴县。大中二年春，李商隐与刘蕡在此晤别。

5. 湓浦，指鄱阳湖。

6. 安仁，潘岳，西晋文学家，善作诔。诔，悼文。

7. 招魂，王逸（东汉文学家）认为楚辞中的《招魂》是宋玉写的。

8. 寝门，内室的门。古丧礼，是师，哭于内寝；是友，哭于寝门之外。

（译文）

上帝深居关掉了所有的宫门，
神巫也不肯下凡把冤魂慰问。
春天在黄陵相别后江湖把我们隔开，
浔阳传来噩耗已是秋雨纷纷。
安仁虽会作诔却无能起死，
宋玉也没法回生虽然善写招魂。
生平的品格是朋友又是老师，
我又怎敢站在门庭吊念君？

65. 题汉祖庙[1]

乘运应须宅八荒，
男儿安在恋池隍？
君王自起新丰后[2]，
项羽何曾在故乡[3]！

（译文）

乘着时运该去八方闯荡，
男子汉怎么能留恋脚下？
刘邦做了皇帝，
就把故里搬到京城边上安家，
而老想回故乡的项羽，
却只能在乌江自杀！

1. 汉祖庙，在江苏沛县东。

2. 刘邦徙家乡丰沛酤酒煮饼商人于西安市临潼区东北，立为新丰。

3. 项羽曰：“富贵不归故乡，如衣绣夜行。”但结果是自刎乌江（安徽和县东北）。

66. 越燕二首[1]（之一）

上国社方见[2]，
此乡秋不归。
为矜皇后舞[3]，
犹着羽人衣[4]。
拂水斜文乱，
衔花片影微。
卢家文杏好[5]，
试近莫愁飞[6]。

（译文）

在京城曾经见到这位，
到了这儿还不肯离开。
自己以为了不起啊，
但却还没穿上官服显摆。
拂过水面把水纹弄乱，
衔着花片到处翻飞。
卢家的杏花开得好啊，
讨好主妇多想获得栽培。

1. 越燕，紫燕。体小多声。此以喻卢幕中之妒己者。
2. 上国，京城。社，古祭社神之日。立春后第五个戊日为春社，立秋后第五个戊日为秋社，燕以春社来，秋社去。
3. 皇后，赵飞燕，汉成帝宫人，能作掌上舞，立为后。
4. 羽人，指道士。
5. 卢家，指卢幕。
6. 莫愁，卢家媳妇，指卢幕之主妇。

67. 蝉

本以高难饱，
徒劳恨费声。
五更疏欲断，
一树碧无情。
薄宦梗犹泛[1]，
故园芜已平。
烦君最相警[2]，
我亦举家清。

1. 梗泛，《战国策·齐策》：“土偶曰：‘吾西岸之土也，土则复西岸耳。今子，东国之桃梗也，刻削子以为人，降雨下，淄水至，流子而去，则子漂漂者将何如耳？’”后以“梗”泛指漂泊不定。

2. 君，指蝉。

（译文）

你太高洁了当然难以吃饱，
只能空空地放歌烦恼。
一直叹息到五更愁肠欲断，
而那绿树却装作毫不知晓。
官职低微还要漂泊不定，
故园的野草已长得与庄稼齐高。
蝉啊，谢谢你常能给我提醒，
我也和你一样无依无靠。

68. 追代卢家人嘲堂内[1]

道却横波字[2]，
人前莫谩羞[3]。
只因同楚水，
长短入淮流[4]。

（译文）

已是暗送秋波勾引他，
就不要假装羞答答。
既然都是楚地的河水，
那就直接入淮吧。

1. 莫愁嫁与卢家是齐梁前的古事，所以叫追。堂内，指莫愁。
2. 道却，说出。却为语助词，用于动词之后。横波，乜眼也。
3. 谩，佯装。
4. 淮，代怀，隐语。

69. 有　感

中路因循我所长[1]，
古来才命两相妨。
劝君莫强安蛇足[2]，
一盏芳醪不得尝[3]。

（译文）

做事情都要顺其自然，
从古以来才气跟命运总是相反。
画蛇添足一定没有好结果，
起码是少吃了美酒一盏。

1. 因循，顺其自然。
2. 画蛇添足，终亡其酒。
3. 醪，浊酒，此指酒。此诗是自己劝慰自己，谓欲速则不达。

70. 房中曲[1]

蔷薇泣幽素[2]，
翠带花钱小[3]。
娇郎痴若云[4]，
抱日西帘晓[5]。
枕是龙宫石[6]，
割得秋波色。
玉簟失柔肤，
但见蒙罗碧[7]。
忆得前年春[8]，
未语含悲辛[9]。
归来已不见，
锦瑟长于人[10]。
今日涧底松，
明日山头蘖[11]。
愁到天地翻，
相看不相识。

1. 本篇为悼亡诗，作于大中五年。
2. 幽素，幽寂。
3. 花钱，带子上的小花如圆钱。
4. 娇郎，新婚丈夫。
5. 抱日，如云之抱日。
6. 龙宫石，无比凄冷。
7. 罗碧，指翠被。
8. 前年，大中三年。
9. 王氏起病。
10. 锦瑟，王氏平日弹奏之瑟，绘文如锦。
11. 蘖，黄檗，一味苦药。

（译文）

刚嫁来时你偷偷哭泣，
翠带上是花朵细细。
我爱你爱得发呆了，
像白云抱着太阳直到鸡啼。
如今这枕头就像龙宫石一样凄冷，
再也见不到秋波一转的你。
席子上没了柔白的肌肤，
只有空空的一床罗被。
记得在前年春天，
你已染上恶疾。
如今回到家里，
只有锦瑟依然放在案几。
现在我是涧底的松啊，
到了明天还是像山头的黄蘖饱含苦味。
天翻地覆的愁恼使我变老了，
恐怕连你见了都觉得面貌全非！

71. 王十二兄与畏之员外相访，见招小饮，时余以吊亡日近不去，因寄[1]

谢傅门庭旧末行[2]，
今朝歌管属檀郎[3]。
更无人处帘垂地[4]，
欲拂尘时簟竟床。
嵇氏幼男犹可悯[5]，
左家娇女岂能忘[6]？
秋霖腹疾俱难遣[7]，
万里西风夜正长。

1. 王十二，王茂元之子，李商隐妻兄。畏之，韩瞻，王茂元婿，与李商隐同年及第。
2. 谢傅，谢安，死赠太傅。以喻王茂元。李商隐为最小之婿，故谓“末行”。
3. 檀郎，潘安，因其字为檀奴。唐人以檀郎称婿。此指韩瞻。
4. 更，绝。
5. 嵇氏，嵇康。此自指。
6. 左家，左思。此自指。
7. 秋霖，秋雨绵绵。腹疾，腹泻。

（译文）

王家的女婿中我排在末位上，
吹笛唱歌是你韩瞻的擅长。
静静的卧室帘幕垂地，
掸灰尘时只有一张空床。
小小的儿子多么可怜，
娇娇的幼女又怎么能忘。
阴雨绵绵的秋日又染上了腹泻，
长夜难眠只听着西风吹响。

72. 故驿迎吊故桂府常侍有感[1]

饥乌翻树晚鸡啼[2]，
泣过秋原没马泥。
二纪征南恩与旧[3]，
此时丹旐玉山西[4]。

（译文）

饥饿的乌鸦从这树飞到那树，
傍晚的公鸡也在喔喔啼诉。
一路哭着经过秋天的原野，
走的是一条泥没马蹄的路。
两年来在桂林您的帐下，
给我的礼遇真是罄竹难书。
现在只看见前行的灵幡，
正在蓝田西边缓缓飘拂。

1. 故驿，长安南之旧驿站。故桂府常侍，郑亚。
2. 饥乌，自喻。
3. 二纪，二年。
4. 丹旐（音赵），灵柩前的旗幡。玉山，蓝田山。

73. 宿晋昌亭闻惊禽[1]

羁绪鳏鳏夜景侵[2]，
高窗不掩见惊禽。
飞来曲渚烟方合[3]，
过尽南塘树更深[4]。
胡马嘶和榆塞笛[5]，
楚猿吟断橘村砧[6]。
失群挂木知何限[7]？
远隔天涯共此心！

（译文）

漂泊旅途的长夜闭不上眼，
看窗外的鸟儿叫得多可怜。
是傍晚时从曲江飞来的吧？
还是为找伴又飞往南塘树林边？
边境的马和关塞的笛合奏，
楚地的猿声与乡间妇女的砧声齐演。
万物失群的知有多少？
天涯海角都有孤独难言！

1. 晋昌亭，在长安东街进昌坊。进也作晋。
2. 羁绪，旅途漂泊之愁绪。鳏鳏，张目不寐。
3. 曲渚，曲江。
4. 南塘，慈恩寺南池，在晋昌坊。
5. 榆塞，榆林，也作边塞通称。塞上多种榆树。
6. 橘村，南方种橘之乡。
7. 挂木，指猿。

74. 鸳鸯

雎去雄飞万里天，
云罗满眼泪潸然[1]。
不须长结风波愿[2]，
锁向金笼始两全！

（译文）

雌的在家雄的满天飞，
到处都是罗网令人悲泣。
不要结下风波中的情爱吧，
还是锁向金笼才有平安夫妻！

1. 云罗，此处指罗网。
2. 鸳鸯多游于狂风波涛之中。

75. 王昭君[1]

毛延寿画欲通神[2]，
忍为黄金不顾人。
马上琵琶行万里，
汉宫长有隔生春[3]！

（译文）

毛延寿的画工真灵巧，
不给贿赂的就被画糟。
走向沙漠的万里长途唯有琵琶伴，
汉宫里再也见不到美娇娇！

1. 王昭君，汉元帝时选入宫，公元前33年，匈奴求和亲，她自请嫁之。

2. 传说汉元帝命毛延寿为宫女画像，王昭君不肯贿赂，即被画成丑女。

3. 王昭君对于汉宫，如隔世也。

76. 三月十日流杯亭[1]

身属中军少得归[2]，
木兰花尽失春期。
偷随柳絮到城外，
行过水西闻子规[3]。

（译文）

跟着主将在外练兵，
过了春期木兰凋零。
随那柳絮来到城外，
溪水西岸子规起鸣。

1. 筑水沟，水上置酒杯，流至面前，即取饮，名为流杯。
2. 中军，指柳仲郢，守蜀东川。
3. 子规啼声若“不如归去”。

77. 西 溪[1]

近郭西溪好，
谁堪共酒壶？
苦吟防柳恽[2]，
多泪怯杨朱[3]。
野鹤随君子[4]，
寒松揖大夫[5]。
天涯长病意，
岑寂胜欢娱[6]。

（译文）

城边的西溪风景美好，
可是有谁跟我饮酒相聊？
苦苦的吟诗可与柳恽比，
流起泪来也不比杨朱少。
可有野鹤跟我一起？
哪有松树在路旁相招！
流落在天涯还常带病意，
冷清一点倒好过热闹。

1. 西溪，在四川潼川西门外。
2. 柳恽，南朝梁人。防，相比。
3. 杨朱，战国魏人，遇歧路而哭。
4. 野鹤，周穆王南征，君子化为鹤。
5. 秦始皇封松树为大夫。
6. 岑寂，冷清。

78. 柳

动春何限叶？
撼晓几多枝？
解有相思否？
应无不舞时。
絮飞藏皓蝶[1]，
带弱露黄鹂[2]。
倾国宜通体[3]，
谁来独赏眉[4]？

（译文）

婀娜多姿何处不动春，
枝条飘拂已经是早晨。
懂得相思之苦了吗？
一天到晚都舞纷纷！
你的飞絮里闪着白蝴蝶呢，
你的柳条间又有黄鹂藏身。
通体才能评价美丽，
又有谁只将叶子当作奇珍！

1. 皓蝶，白蝴蝶。与下句的黄鹂都是指骚扰她的男人。
2. 带，柳条。
3. 通体，整株。
4. 眉，柳叶。

79. 壬申闰秋题赠乌鹊[1]

绕树无依月正高，
邺城新泪溅云袍[2]。
几年始得逢秋闰，
两度填河莫告劳！

（译文）

月儿在高空临照，
乌鹊在树边飞绕。
去年刚刚丧偶的我，
泪珠沾湿了长袍。
多少年过去了，
才有一个闰七月遇到，
你们辛苦一点吧，
在银河上搭它两次长桥！

1. 壬申，大中六年。闰秋，闰七月。乌鹊，它们在阴历七月七日在银河上搭桥让牛郎织女相会。

2. 邺城，在今河北临漳县西。此自比邺城文士。新泪，刚丧偶也。

80. 二月二日[1]

二月二日江上行，
东风日暖闻吹笙。
花须柳眼各无赖[2]，
紫蝶黄蜂俱有情。
万里忆归元亮井[3]，
三年从事亚夫营[4]。
新滩莫悟游人意，
更作风檐夜雨声！

1. 二月二日，蜀人以此为踏青节。
2. 无赖，有挑逗人之意。
3. 元亮，陶渊明，以之自比。
4. 亚夫，周亚夫，此喻柳仲郢。

（译文）

二月二日在江边行，
四川人都在今天去踏青。
太阳暖暖的东风吹，
一路听着丝竹声。
柳叶渐舒花儿开，
有意逗人来献能。
紫的蝴蝶黄的蜂，
飞来舞去多有情。
归去吧，家乡在万里外啊，
已经待了三年在柳营！
这河滩却不知游人意，
偏在夜里要把风雨迎！

81. 写　意[1]

燕雁迢迢隔上林[2]，
高秋望断正长吟。
人间路有潼江险[3]，
天外山惟玉垒深[4]。
日向花间留返照，
云从城上结层阴。
三年已制思乡泪[5]，
更入新年恐不禁。

（译文）

大雁远飞离开了长安，
迎着秋风向着家乡长叹。
人间的路啊有潼江的险，
难于翻越的啊有玉垒山。
斜阳返照时光已经不多，
城上层云密布像我的愁思一样。
思乡的眼泪忍了三年，
新的一年就禁不住要往下淌。

1. 写意，宣泄情怀。
2. 燕雁，燕地之雁。上林，在长安之西。
3. 潼江，潼水，出梓潼北。梓州在今梓潼南之三合。
4. 玉垒，在四川灌县（都江堰市）西北。
5. 制，控制。

82. 七　夕

鸾扇斜分凤幄开[1]，
星桥横过鹊飞回[2]。
争将世上无期别[3]，
换得年年一度来！

（译文）

分开鸾扇走进了帐篷，
搭长桥的喜鹊们已经完工。
怎样才能将世上的死别，
换来一年一度的相逢？

1. 鸾扇，羽扇。斜分，左右障扇斜斜的分开。凤幄，篷帐。
2. 星桥，鹊桥。
3. 无期别，死也。

83. 属 疾[1]

许靖犹羁宦[2]，
安仁复悼亡[3]。
兹辰聊属疾[4]，
何日免殊方[5]？
秋蝶无端丽[6]，
寒花更不香[7]。
多情真命薄，
容易即回肠！

1. 属疾，请病假。
2. 许靖，河南汝南人，在蜀国做官。
3. 安仁，潘安，有《吊亡诗》三首，《吊亡赋》一篇。
4. 兹辰，此日。当是王氏忌日。
5. 殊方，异乡。
6. 李商隐在柳幕时，柳曾在乐籍中介绍歌妓张懿仙给李，但被拒绝，此以秋蝶比张。
7. 寒花，自况。

（译文）

像许靖一样在外地做官，
又像潘安一样写诗吊亡。
今天又要请病假，
哪一天才能回家给你上香？
秋天的蝴蝶无故显示美丽，
冬天的花朵却是没有模样。
多情人总是如此命薄，
想起来真要九断回肠！

84. 杨本胜说于长安见小男阿衮[1]

闻君来日下[2]，
见我最娇儿。
渐大啼应数[3]，
长贫学恐迟。
寄人龙种瘦[4]，
失母凤雏痴。
语罢休边角[5]，
青灯两鬓丝。

1. 杨本胜，杨筹，官监察御史，大中七年十月至东川军中。阿衮，衮师，大中六年生。
2. 日下，京都，皇帝所在之地。
3. 数，读第三声，诉也。
4. 龙种，李商隐本李唐宗室。
5. 边角，边地之画角。

（译文）

听见您从京城来，
见到了我的好小孩。
稍稍大了应该已会哭诉，
长久贫穷恐怕很难学乖。
寄养在别人家也就瘦弱，
失掉了慈母往往会变呆。
说罢营中已吹起画角，
青灯照着我的两鬓花白。

85. 忆　梅　大中八年

定定住天涯，
依依向物华。
寒梅最堪恨，
长作去年花[1]。

（译文）

注定要流落在天涯，
总想在万物中自成一家。
但却成了先开先谢的寒梅，
春天永远不属于它！

1. 梅于春暖时早已开过，故曰去年花。

86. 天　涯

春日在天涯，
天涯日又斜。
莺啼如有泪，
为湿最高花。

（译文）

春天里却住在天涯海角，
日子是过了一朝又一朝。
黄莺啊你啼叫起来如果有眼泪，
请给我溅湿那朝里的大佬！

87. 柳

柳映江潭底有情[1]，
望中频遣客心惊。
巴雷隐隐千山外[2]，
更作章台走马声[3]。

（译文）

杨柳倒映江水情有多深，
看见了叫我心里一沉。
隐隐的在千山外响起雷声，
倒好像章台跑马阵阵。

1. 底，如许。

2. 巴，四川。

3. 章台，在咸阳渭河之南，以柳闻名。'柳'指柳仲郢。柳去眷顾他人，李商隐想回长安了。

88. 人　欲

人欲天从竟不疑，
莫言圆盖便无私[1]。
秦中已久乌头白[2]，
却是君王未备知！

（译文）

说老天会满足我们的愿望，
竟然没有人会去三思，
其实上苍哪会大公无私！
太子丹被困在秦国，
乌鸦变白马角直，
而君王却全然不知！

1. 圆盖，指天。

2. 战国时，燕太子丹质于秦，欲归，秦王曰："乌头白，马生角，乃可。"丹仰天叹，乌头即白，马为生角。

89. 韩冬郎即席为诗相送，一座尽惊。他日余方追吟“连宵侍坐徘徊久”之句有老成之风，因成二绝寄酬，兼呈畏之员外[1]（之一）

十岁裁诗走马成[2]，
冷灰残烛动离情。
桐花万里丹山路[3]，
雏凤清于老凤声！

（译文）

十岁时写成诗只在跑马的一瞬中，
连燃剩的红烛都为他的离情感动。
如今是去丹山的路上开遍了桐花，
小凤凰的声音比老凤凰更亮一重！

---

1. 韩冬郎，韩偓，父瞻，字畏之，与李商隐同年进士，同为王门之婿。

2. 十岁，大中五年冬，李商隐离京赴梓州，冬郎即席赋诗，李赞以“郎君下笔惊鹦鹉”。今大中十年，李商隐罢幕回京，冬郎十五岁。

3.《山海经》谓丹山出凤凰。

90. 鄠杜马上念汉书[1]

世上苍龙种，
人间武帝孙[2]。
小来惟射猎，
兴罢得乾坤。
渭水天开苑[3]，
咸阳地献原[4]。
英灵殊未已，
丁傅渐华轩[5]！

1. 鄠（音户），陕西户县，在长安西南。杜，在长安东南。此诗写的是汉朝事，而实际是讽刺唐宣宗。

2. 武帝孙，宣帝乃武帝曾孙，喜斗鸡走狗，尤乐鄠杜之间。

3. 苑，乐游苑，汉宣帝所建。

4. 长安周边有毕原、白鹿原、少陵原、高阳原、细柳原。

5. 丁傅，丁氏傅氏，皆为皇帝外戚。

（译文）

在人间也算是龙种，
排在汉武帝的曾孙中。
小时候只喜欢打猎，
潇潇洒洒就成了天下的老总。
在渭水建起了乐游苑，
周边又把五原来提供。
前辈的英灵还没有过去啊，
而外戚们已是富贵尊荣！

91. 乐游原[1]

万树鸣蝉隔岸虹，
乐游原上有西风。
羲和自趁虞泉宿[2]，
不放斜阳更向东[3]。

（译文）

寒蝉们声嘶力竭地鸣叫，
隔岸的彩虹挂在树梢，
乐游原上西风萧萧。
给太阳赶车的羲和，
急忙要把住处寻找，
死也不肯让斜日再往回跑。

1. 乐游原，即乐游苑。
2. 羲和，太阳的御者。趁，寻找。虞泉，虞渊，日入之处。
3. 此诗点明唐朝末日即将来临。

92. 乐游原

向晚意不适，
驱车登古原。
夕阳无限好，
只是近黄昏。

（译文）

快到傍晚心里不舒坦，
独自赶着马车上了乐游原。
夕阳照得一片金光闪闪，
只是马上要被黄昏霸占。

93. 南朝[1]

地险悠悠天险长[2]，
金陵王气应瑶光[3]。
休夸此地分天下，
只得徐妃半面妆[4]！

（译文）

虎踞龙盘加长江，
金陵的王气应天上。
不要吹牛此地可以平分天下，
赢到的不过是徐妃的半面妆！

1. 南朝，东晋后的宋、齐、梁、陈四代。
2. 地险，南京虎踞龙盘。天险，长江一条。
3. 金陵，南京。瑶光，北斗的第七颗星。指王气上应天象。
4. 梁元帝眇一目，因其徐妃无容，故两三年一入房。徐妃每知帝将至，必为半面妆以侍，因帝眇一目也。

94. 闻著明凶问哭寄飞卿[1]

昔叹谗销骨[2]，
今伤泪满膺[3]。
空余双玉剑[4]，
无复一壶冰[5]。
江势翻银汉[6]，
天文露玉绳[7]。
何因携庾信[8]，
同去哭徐陵[9]！

1. 著明，卢献卿，曾作《愍征赋》数千言。凶问，死讯。飞卿，温庭筠，晚唐诗人、词人。
2. 谗，诽谤。销，熔化。
3. 膺，胸。
4. 双玉剑，指卢的遗物。
5. 一壶冰，指卢为人冰清玉洁。
6. 银汉，天河。
7. 玉绳，星名。银汉与玉绳指两地之遥远。
8. 庾信，南北朝时北周文学家。以比飞卿。
9. 徐陵，南朝陈文学家。以比卢著明。

（译文）

过去为他遭受诽谤而叹息，
今天为悼念他而下泪。
空空地留下了一双玉剑，
冰清玉洁的人却长此已已。
他在江南果真是风波险恶，
我在此哪能为之慰藉？
有什么办法能跟你一起，
去把这位朋友哭祭！

95. 华 师[1]

孤鹤不睡云无心，
衲衣筇杖来西林[2]。
院门昼锁回廊静，
秋日当阶柿叶阴。

（译文）

像失了群的孤鹤，
像天上无根的浮云，
穿着衲衣拄着筇杖，
来到了庐山的西林。
白天里院门锁着，
回廊里静寂无音，
只有秋日照着石阶，
柿树撒下一片绿荫。

---

1. 华师，法师姓华。
2. 衲衣，僧衣。筇杖，竹杖。西林，寺名，在庐山山麓，此指华师住地。

96. 览　古

莫恃金汤忽太平[1]，
草间霜露古今情。
空糊赪壤真何益[2]，
欲举黄旗竟不成[3]。
长乐瓦飞随水逝[4]，
景阳钟堕失天明[5]。
回头一吊箕山客[6]，
始信逃尧不为名[7]！

1. 金汤，金城汤池，守卫坚固。金以喻坚，汤以喻沸热不可近。
2. 赪（音称）壤，红土，以之涂壁，使其美观。
3. 黄旗，帝王之象。
4. 长乐瓦，长乐宫之瓦。
5. 景阳钟，宫中置于景阳楼上报更之钟，宫人闻三鼓，即起床打扮。
6. 箕山客，指许由。
7. 尧让天下于许由，许由逃之。

（译文）

不要以为有了金城汤池就可百无禁忌，
古今王朝都像草间霜露即时化为蒸气。
在墙壁上涂了红泥又有什么用？
想举旗称霸总不过是做梦而已。
宫殿上的瓦片随水漂流，
景阳楼没了钟声不知道太阳已经升起。
回头向许由拜了再拜，
是应该逃离唐尧不当皇帝！

97. 隋　宫[1]

乘兴南游不戒严[2]，
九重谁省谏书函[3]？
春风举国裁宫锦[4]，
半作障泥半作帆[5]。

（译文）

由着性子南游管他个娘，
谁想劝阻就把头来砍。
全国人都为他织着宫锦，
一半做了蔽泥一半做了船帆。

1. 隋宫，隋炀帝在江都（江苏扬州）建江都宫。
2. 隋炀帝南游，也不作戒备。
3. 九重，帝王住处。省，觉察。劝谏者均被隋炀帝杀头。
4. 宫锦，宫廷用的锦缎。
5. 障泥，垫在马鞍下用以遮蔽两侧泥尘。

98. 晓 坐

后阁罢朝眠[1]，
前墀思黯然[2]。
梅应未假雪，
柳自不胜烟。
泪续浅深绠[3]，
肠危高下弦。
红颜无定所，
得失在当年。

（译文）

早早的已经睡不着觉，
坐在前阶上独自懊恼。
梅花高洁并不靠白雪，
柳枝柔弱受不了烟雾缭绕。
肚中危急如乱奏之琴弦，
一路走过来流泪知多少！
红颜薄命颠来又倒去，
一生祸福当年早已定牢。

1. 阁，楼阁。
2. 墀（音池），台阶。
3. 绠，汲水器上的绳索。

99. 一　片

一片琼英价动天[1]，
连城十二昔虚传[2]。
良工巧费真为累，
楮叶成来不值钱[3]。

（译文）

自然的美玉是无价宝，
价值连城的和氏璧也比不了。
精雕细琢做什么？
做成楮叶的象牙只被当柴烧！

1. 琼英，美玉。
2. 连城，连城璧，和氏璧。
3. 楮，构树。南朝宋人有为其君以象牙为楮叶者，乱于楮叶中而不可别，为模仿乱真之典故。

100. 锦　瑟

锦瑟无端五十弦[1]，
一弦一柱思华年[2]。
庄生晓梦迷蝴蝶[3]，
望帝春心托杜鹃[4]。
沧海月明珠有泪[5]，
蓝田日暖玉生烟[6]。
此情可待成追忆[7]，
只是当时已惘然[8]。

1. 无端，无故。
2. 华年，盛年。
3. 庄生，庄子。庄子梦为蝴蝶，俄而觉，自思是庄子变为蝴蝶呢还是蝴蝶变为庄子？
4. 望帝，死化杜鹃。
5. 沧海，青绿色之大海。
6. 蓝田，蓝田山，在陕西蓝田县内，以产玉闻名。
7. 可，岂。
8. 惘然，迷惘。

（译文）

锦瑟呀为什么就拉上了五十根弦？
每一弦每一柱都让我想当年。
清晨庄子梦见蝴蝶，
就怀疑自己是蝴蝶所变。
望帝在生前还有不了情呀，
死后就化作不断哀鸣的杜鹃。
明月照着大海，
鲛人哭泣珠泪涟涟。
太阳晒暖蓝田，
玉人凄迷如雾如烟。
这样的情思，
岂只成了现在的追念？
即使在那个时候，
也已是迷惘难言。

后　记

李商隐的诗歌在整个中国文学史中的确是有它高出众诗人之处的。

首先是在他的情诗。“春蚕到死丝方尽，蜡炬成灰泪始干”“身无彩凤双飞翼，心有灵犀一点通”等都已成为万古流芳的名句。他的情诗，深邃而神秘，事幻而情真，猜不透，说不尽。这就给了我们一种现代朦胧诗的感觉。其实，解诗大可不必一定要寻求所写的真事，只要能懂得诗人的情感就行了。在郑亚幕府的时候，诗人恋上了一个代号为“木兰”的女孩，但他又觉得有些对不起妻子，就在《木兰》一诗中写道：“二月二十二，木兰开坼初。初当新病酒，复自久离居。”这样直率地写自己的隐私也是不多见的吧。但诗人对自己的妻子又是非常爱护的，就在妻子王氏死了两年后，他的幕主柳仲郢把自己的歌女张懿仙赐给他，也被他拒绝了。他在《属疾》中写道：“秋蝶无端丽，寒花更不香。多情真命薄，容易即回肠。”那时他已自甘命薄了。

另外，李商隐的咏史诗也有其与众不同的锐利目光。如他的《题汉祖庙》：“乘运应须宅八荒，男儿安在恋池隍？君王自起新丰后，项羽何曾在故乡！”凭着楚汉之争的史实就清楚地说明了男儿不该留恋家乡的道理。再看他的《南朝》：“地险悠悠天险长，金陵王气应瑶光。休夸此地分天下，只得徐妃半面妆！”单用“徐妃半面妆”这个典故就把南朝只占有半壁江山讽刺得淋漓尽致了。又如《过华清内厩门》、《华清宫》、《龙池》、《骊山有感》等篇都讽刺了唐明皇的荒淫无耻，把儿媳纳为贵妃，这又怎么能让杨玉环原来的丈夫寿王受得了呢！若与白居易的《长恨歌》对比起来看，就可见出他的高明了。白居易在晚年非常喜欢李商隐的诗，曾说：“我死得为尔子，足矣。”

李商隐总是从国家的、人民的利益来评价人物，而不以李党牛党作为标准。他自己是李党王茂元的女婿，他也非常看重李党的领袖人物李德裕，但他又歌颂了属于牛党的刘蕡，连写了四首诗为其吊亡。而且，他与历来的古代诗人不同，还敢于讽刺当时的皇上，如《鄠杜马上念汉书》就重重地讽刺了唐宣宗的耽于游乐、宠幸外戚，这是十分大胆的。

李商隐的诗，就现在知道的，有近六百首。我从中挑了一百首，加以注解翻译。我的浅作得益于郑在瀛先生的《李商隐诗全集》居多，特在此表示深深的感谢！

二〇一二年十一月十六日

十二月四日改定